AF456570

7 Mai 1912

COLLECTION

DE

M. le Baron

Benoist-Méchin

CATALOGUE

DES

OBJETS D'ART

ET D'AMEUBLEMENT

DU XVIIIe SIÈCLE & AUTRES

PORCELAINES DE CHINE

SCULPTURES, OBJETS VARIÉS

PENDULES — BRONZES

Meuble de Salon en Tapisserie d'Aubusson Louis XVI

MEUBLES ET SIÈGES

Tapis d'Orient

TABLEAUX, PASTELS, DESSINS

DU XVIIIe SIÈCLE

Appartenant à

M. le Baron BENOIST-MÉCHIN

ET DONT LA VENTE AURA LIEU A PARIS

HOTEL DROUOT, Salle N° 6

Le Mardi 7 Mai 1912, à 2 heures

COMMISSAIRES-PRISEURS

Me F. LAIR-DUBREUIL	Me HENRI BAUDOIN
6, rue Favart, 6	10, rue de la Grange-Batelière, 10

EXPERTS

MM. MANNHEIM	MM. PAULME & B. LASQUIN FILS		M. JULES FÉRAL
7, rue Saint-Georges	10, rue Chauchat	rue Grange-Batelière, 11	rue Saint-Georges, 7

EXPOSITIONS

PARTICULIÈRE : *Le Dimanche 5 Mai 1912, de 1 heure 1/2 à 6 heures*
PUBLIQUE : *Le Lundi 6 Mai 1912, de 1 heure 1/2 à 6 heures*

CONDITIONS DE LA VENTE

Elle sera faite au comptant.

Les acquéreurs paieront *dix pour cent* en sus des enchères.

L'exposition mettant le public à même de se rendre compte de l'état et de la nature des objets, il ne sera admis aucune réclamation une fois l'adjudication prononcée.

Paris. — Imp. Georges Petit, 12, rue Godot-de-Mauroi. — 22228-12.

TABLEAUX, PASTELS, DESSINS

DU XVIIIe SIÈCLE

ÉCOLE FRANÇAISE

XVIIIe siècle.

1 — *Petit Chien King-Charles.*

Dans une niche drapée de bleu, debout sur un coussin rose, il joue avec des cartes à jouer.

Pastel.

Haut., 40 cent.; larg., 51 cent.

ÉCOLE FRANÇAISE

XVIIIe siècle

2 — *Portrait d'un jeune garçon.*

En buste, de trois quarts à droite, il est vêtu d'une veste beige à boutons, ornée de rubans roses, et coiffé d'un chapeau de paille enrubanné avec bord relevé.

Pastel.

Haut., 44 cent.; larg., 34 cent.

Cadre en bois sculpté doré avec agrafe ornementée.

BOUCHER

(Atelier de FRANÇOIS)

3 — *Le Repos.*

Une jeune femme, demi nue, est étendue sur un lit de repos, dormant. Fond de draperie.

Toile de forme ovale. Haut., 45 cent.; larg., 61 cent.

Cadre en bois sculpté doré.

BOUCHER

(Attribué à FRANÇOIS)

4 — *Vénus et les Amours.*

Dessin à la pierre noire et rehauts de blanc sur papier gris.

Haut., 38 cent. 1/2; larg., 26 cent.

Cadre en bois sculpté doré, avec agrafe à feuillage.

FRAGONARD

(HONORÉ)

5 — *La Source.*

Dessin à la sépia.

Haut., 34 cent.; larg., 45 cent. 1/2.

Cadre en bois sculpté doré, en partie du temps de Louis XVI.

HUET

(JEAN-BAPTISTE)

DEUX PENDANTS

6-7 — *Intérieurs de parcs, animés de petits personnages.*

Deux dessins aux crayons de couleur et pastel. Signés et datés : *1777*.

Haut., 28 cent. 1/2; larg., 47 cent.

LIOTARD

(Attribué à JEAN-ÉTIENNE)

8 — ***Portrait présumé d'une archiduchesse d'Autriche.***

Elle est représentée en buste, presque de face, vêtue d'une robe de satin à corsage bordé de fourrure, parée de riches bijoux et d'un bouquet de fleurs sur l'épaule : elle tient de sa main droite, gantée de blanc, un éventail fermé.

Pastel.

Haut., 65 cent. ; larg., 51 cent.

Cadre en bois sculpté doré, avec agrafe.

PRUD'HON

(D'après P.-P.

9 — ***Daphnis et Chloé.***

Composition tirée du roman de Longus, reproduite par la gravure dans une édition in-8°, illustrée par Prud'hon et Gérard, publiée en 1800 par Didot.

Toile. Haut., 92 cent. ; larg., 66 cent.

Cadre en bois sculpté doré.

OBJETS D'ART ET D'AMEUBLEMENT

PORCELAINES

10 — Vase quadrilatéral, en ancienne porcelaine de Chine émaillée gris craquelé. Il présente, sur chacun de ses angles, des arêtes saillantes. Époque des Sung.

Haut., 19 cent.

11 — Jardinière cylindrique, en ancienne porcelaine de Chine, époque des Ming, décorée de compartiments contenant des plantes aquatiques et séparés par des montants à carrelages.

Haut., 11 cent.

12 — Bouteille à col surmonté d'un renflement, décorée de personnages, arbustes, rochers et inscriptions; ancienne porcelaine de Chine, époque des Ming. Montée en lampe, en bronze.

Hauteur de la bouteille, 36 cent.

13 — Grand vase quadrilatéral, muni d'un renflement médian; ancienne porcelaine de Chine, époque des Ming; décor de dragons et branchages, ainsi que de mascarons chimériques en relief.

Haut., 58 cent.

14 — Gros vase en ancienne porcelaine de Chine, décoré de poissons rouges et de plantes aquatiques, avec lambrequins sur l'épaulement. Époque des Ming. Socle et couvercle en bois ajouré.

Hauteur du vase, 35 cent.

15 — Pitong cylindrique en ancienne porcelaine de Chine, époque Kang-shi, décoré de personnages et inscriptions.

Haut., 12 cent.

16 — Statuette en ancienne porcelaine de Chine, représentant un personnage partiellement émaillé bleu, assis sur un trône à haut dossier, reposant sur une base rectangulaire émaillée bleu turquoise et violet aubergine. Époque Kang-shi.

Haut., 35 cent.

17 — Deux potiches en ancienne porcelaine de Chine, époque Kang-shi, décorées de rochers, arbustes et faisans. Elles sont montées en lampes, en bronze doré.

Hauteur de la potiche, 32 cent.

18 — Grand plat en ancienne porcelaine de Chine, époque Kang-shi, décor dit aux dix femmes : ces dernières font de la musique dans un paysage, sur une terrasse, près d'une habitation. Marque à la feuille.

Diam., 52 cent.

19 — Grand plat en ancienne porcelaine de Chine, décoré en plein de compositions familiales avec fond d'habitations ; au premier plan, un cours d'eau qu'une femme traverse sur une planche ; plus loin, deux femmes sur un pont. Dans les habitations sont groupées aussi plusieurs femmes. Au revers, nien-hao de Kang-shi.

Diam., 53 cent.

20 — Très grand plat en ancienne porcelaine de Chine, époque Kang-shi, décoré d'une troupe de cavaliers armés, défilant devant l'empereur assis dans un palais et entouré de quatre personnages. Étroite bordure de carrelages variés, interrompus par des réserves contenant chacune une fleur ; rehauts de dorure. Au revers, une course de rinceaux fleuris. Marque à la feuille.

Diam., 63 cent.

21. — Coupe sur piédouche bas, décorée de rinceaux fleuris en bleu sur fond doré; ancienne porcelaine de Chine. Cachet de Yung-tching.

Diam., 18 cent.

22 — Vase à panse quadrilatérale et col cylindrique, muni de deux anses trompes d'éléphant, en ancien céladon gris craquelé de la Chine. Époque Yung-tching.

Haut., 17 cent.

23 — Bouteille en ancienne porcelaine de Chine, à panse surbaissée, décorée sur fond blanc de feuilles de lotus émaillées peau de pêche. Nien-hao de Yung-tching.

Haut., 18 cent.

24 — Petit vase décoré de branches fleuries et d'oiseaux sur fond rose gravé de rinceaux. Ancienne porcelaine de Chine, époque Kien-lung.

Haut., 21 cent.

25 — Pot cylindrique, avec couvercle octogone, décoré de personnages de style européen et contenu dans une monture quadrilatérale ajourée, à décor de rinceaux en dorure sur fond bleu. Ancienne porcelaine de Chine, époque Kien-lung.

Haut., 17 cent.

26 — Bouteille piriforme, décorée de rinceaux fleuris, de feuillages et d'une grecque. Ancienne porcelaine de Chine, époque Kien-lung. Monture en bronze doré.

Haut., 33 cent.

27 — Deux stubas en ancienne porcelaine de Chine, époque Kien-lung, décorées de rinceaux sur fond jaune; base rouge chargée de petites rosaces et de motifs réguliers.

Haut., 44 cent.

28 — Demi-vase-applique en ancienne porcelaine de Chine, époque Kien-lung, décoré de nélumbos en fleurs, en haut-relief, sur fond bleu chargé d'inscriptions et de flots simulés en dorure. La partie inférieure du vase présente un support simulé en ronde bosse, orné de rinceaux dorés sur fond noir.

Haut., 51 cent.

29 — Vase à panse turbinée, en ancienne porcelaine de Chine, époque Kien-lung, émaillée rouge foie de mulet.

Haut., 20 cent.

30 — Vase à panse côtelée, surmontée d'un col bas, également côtelé et muni de deux petites anses. Ancienne porcelaine de Chine émaillée bleu lavande ; époque Kien-lung.

Haut., 19 cent.

31 — Flacon en forme de gourde à double renflement, en ancienne porcelaine de Chine émaillée peau de serpent, époque Yung-tching.

Haut., 19 cent.

32 — Statuette en ancienne porcelaine de Chine, époque Kien-lung, de personnage assis, tenant un rouleau de la main gauche.

Haut., 31 cent.

33 — Deux coupes oblongues en ancienne porcelaine de Chine, époque Kien-lung, décorées extérieurement de rinceaux, fleurs et dragons sur fond rouge corail ; intérieur émaillé bleu clair.

Larg., 19 cent.

34 — Jardinière en forme de losange, en ancienne porcelaine de Chine, époque Kien-lung, décorée sur une face de fleurs en couleurs, sur une autre, d'un paysage en grisaille et, sur les côtés, de cannelures.

Haut., 14 cent.

35 — Vase à large ouverture, en ancienne porcelaine de Chine, époque Kien-lung, émaillée rouge d'or.

Haut., 10 cent.

36 — Pitong quadrilatéral, décoré de scènes familiales avec encadrements de carrelages et de fleurs. Ancienne porcelaine de Chine, époque Yung-tching.

Haut., 16 cent.

37 — Vase à panse ovoïde, en ancienne porcelaine de Chine émaillée sang de bœuf, époque Kang-shi ; base en bronze.

Haut., 50 cent.

38 — Coupe libatoire en ancienne porcelaine de Chine émaillée sur biscuit, à décor de fleurs ainsi que de salamandres en relief sur fond jaune clair.

Larg., 13 cent.

39 — Statuette de Kouan-in assise, en ancien blanc de Chine ; la déesse est représentée assise, tenant un rouleau.

Haut., 31 cent.

40 — Coupe ronde, en ancienne porcelaine de Chine flambée gris violacé. Elle est décorée de deux rangées de petits globes simulant des clous. Époque des Sung.

Diam., 18 cent.

41 — Statuette de poussah, assis et riant, appuyé contre un sac; ancien céladon gris verdâtre de la Chine, avec partie réservée en biscuit.

Haut., 16 cent.

42 — Vase piriforme, à deux anses munies d'anneaux; ancien céladon gris craquelé de la Chine.

Haut., 22 cent.

43 — Coupe en forme de feuille de nélumbo, sur laquelle rampe une petite salamandre; ancien céladon bleu turquoise truité de la Chine.

Larg., 26 cent.

44 — COUPE de forme sphérique surbaissée, en ancienne porcelaine de Chine, époque des Sung, flambée gris; bordure et base en bronze de travail chinois, à dessin de rinceaux en léger relief.

Haut., 22 cent.

45 — COUPE oblongue, en ancienne porcelaine de Chine, émaillée gris marbré.

Larg., 23 cent.

46 — GOURDE en ancienne porcelaine de Chine, à panse émaillée gris et col renflé orné de branches fleuries en bleu.

Haut., 20 cent.

47 — BOUTEILLE en ancienne porcelaine de Chine, émaillée bleu uni.

Haut., 21 cent.

48 — FLACON piriforme, décoré de vases de fleurs en couleurs sur fond bleu; ancienne porcelaine de Chine. Époque des Ming.

Haut., 24 cent.

49 — VASE en ancienne porcelaine mince de Chine. émaillé blanc et décoré de fleurs gaufrées sous couverte.

Haut., 20 cent.

50 — DEUX PETITS BOLS en ancienne porcelaine de Chine, décorés de fleurs sur fond rouge corail.

Diam., 8 cent.

51 — JARDINIÈRE de forme ronde, en ancienne porcelaine de Chine émaillée rouge.

Haut., 11 cent.

52 — JARDINIÈRE quadrilatérale, en ancienne porcelaine de Chine dorée.

Haut., 9 cent.

53 — JARDINIÈRE ronde, en ancienne porcelaine de Chine, à décor de fleurs en dorure sur fond rouge corail.

Diam., 15 cent.

54 — Bol, décoré, sur le pourtour, d'un cours d'eau animé de canards, d'oiseaux, et d'où émergent des plantes aquatiques ainsi que des rochers et des îlots. Ancienne porcelaine de Chine. Époque Yung-tching.

Diam., 17 cent.

55 — Théière cylindrique, à anse formée d'une salamandre, en ronde-bosse; déversoir composé d'un dragon également en ronde-bosse. Ancien blanc de Chine. Époque des Ming. Couvercle en bois sculpté.

Haut., 15 cent.

56 — Vase-rouleau à col évasé, en ancienne porcelaine de Chine, décoré, en bleu, de personnages dans un paysage avec palmiers.

Haut., 31 cent.

57 — Vase-balustre, à col muni de deux anses en forme de tubes, en ancienne porcelaine de Chine, émaillée rouge foie de mulet.

Haut., 30 cent.

58 — Gourde ornée d'un nœud de rubans, en ancienne porcelaine de Chine, émaillée couleur tabac.

Haut., 19 cent.

59 — Coupe en ancien céladon bleu turquoise truité de la Chine, décorée de dragons au milieu de flammes. Socle en bois ajouré et sculpté. Époque Kang-shi.

Diam., 27 cent.

60 — Gourde à triple goulot, en ancienne porcelaine flambée de la Chine.

Haut., 19 cent.

61 — Bouteille en ancienne porcelaine de Chine, émaillée rouge violacé.

Haut., 20 cent.

62 — Vase à col évasé, décoré de nénuphars et de nélumbos, en bleu, sur fond jaune impérial. Ancienne porcelaine de Chine. Époque Kang-shi.

Haut., 36 cent.

63 — Encrier à quatre faces, en ancien céladon gris craquelé de la Chine, orné d'une salamandre en ronde bosse; monture à dauphins en bronze doré.

Haut., 11 cent.

64 — Bouteille en ancienne porcelaine de Chine, émaillée couleur limaille de fer. Base en bronze.

Haut., 20 cent.

65 — Théière avec couvercle, en ancienne porcelaine de Chine, décorée de fleurs en dorure sur fond bleu fouetté; anse surélevée simulant le bambou.

Haut., 16 cent.

66 — Théière avec couvercle, en forme de gourde, en ancienne porcelaine de Chine émaillée bleu fouetté.

Haut., 18 cent.

67 — Porte-bouquet composé de deux carpes accolées, en ancienne porcelaine de Chine, époque des Yuen, émaillée clair de lune; base en bronze à rocailles.

Haut., 25 cent.

68 — Théière avec couvercle, à quatre faces et anse droite, en ancienne porcelaine de Chine, époque Kien-lung, décorée d'animaux, rochers et arbustes.

Haut., 16 cent.

69 — Flacon à col renflé à la base, décoré de vases, ustensiles et rubans en bleu. Porcelaine de Chine.

Haut., 19 cent.

70 — Bol décoré d'une multitude d'enfants jouant, sur fond rouge chargé d'une haie fleurie et d'arbustes en dorure. Porcelaine de Chine. Cachet de Kia-king.

Diam., 21 cent.

71 — Statuette en ancien grès émaillé de la Chine, représentant un personnage assis sur un trône. Époque des Ming.

Haut., 26 cent.

72 — GRAND BOL en ancienne porcelaine du Japon, décoré de chrysanthèmes et de branches de pêchers; base en bronze doré.

Diam., 25 cent.

73 — VASE en ancienne porcelaine du Japon, à panse réticulée, décoré de branches fleuries et d'oiseaux. Pièce du palais. Base en bronze.

Haut., 275 millim.

74 — DEUX VASES à six faces, décorés d'animaux chimériques et de branchages en relief; cols à renflement ajouré. Ancienne porcelaine du Japon.

Haut., 25 cent.

75 — VASE en ancienne porcelaine du Japon, simulant un sac noué sur lequel est assis un petit personnage en ronde bosse.

Haut., 30 cent.

76 — GRAND CORNET en ancienne porcelaine du Japon, décoré de rochers et branches fleuries; col évasé.

Haut., 54 cent.

77 — GROUPE en biscuit, représentant Pygmalion aux pieds de Galatée, d'après Falconet. Au revers, la marque F. Socle en bois peint et doré. Cage en cuivre et glace.

Haut., 36 cent.

78 — STATUE en biscuit : Bacchus enfant, endormi, assis sur un tertre et tenant une conque. Signée : *Gille Jne* (Gille jeune, 28, rue de Paradis-Poissonnière).

Haut., 90 cent.

OBJETS VARIÉS

79 — DEUX COUPES en ancienne laque rouge de Pékin, ciselée à dessin de rinceaux fleuris et feuillagés en relief. A l'intérieur, le décor consiste en cachets, ustensiles et emblèmes en relief sur fond carrelé; étroite bordure de bronze présentant des grecques. Socles en bois ajouré et sculpté.

Diam., 41 cent.

80 — STATUETTE de divinité, accroupie, en jade gris de la Chine.

Haut., 16 cent.

81 — STATUETTE de divinité, accroupie, en malachite. Travail chinois.

Haut., 17 cent.

82 — PLAQUE en ancien émail de Canton, époque Yung-tching, décorée de plusieurs groupes de nombreuses divinités accompagnées d'animaux symboliques. Bordure de bronze.

Larg., 47 cent.

83 — PETITE GOUACHE ronde, par Louis Moreau, non signée, représentant un paysage avec chaumière : au premier plan, deux paysans tirant un filet d'une mare. Cercle de bronze doré.

Diam., 8 cent.

84 — BOITE ronde, en ivoire, ornée, sur le couvercle, d'une petite gouache, par Louis Moreau, non signée, présentant un paysage animé d'une paysanne montée sur un cheval.

Diam., 75 millim.

85 — DEUX BUSTES, grandeur nature, en terre cuite : jeunes garçons, presque de face, l'un frisé, l'autre portant la perruque. Ils sont vêtus chacun d'une tunique boutonnée avec petit col. Époque Louis XVI. Piédouche en marbre.

Hauteur totale, 43 cent.

86 — GROUPE-APPLIQUE en terre cuite, représentant les trois Grâces nues, debout, supportant au-dessus de leurs têtes une coquille sur laquelle est assis un enfant tenant une colombe. Seconde moitié du XVIIIe siècle. Console-support en bois doré.

Haut., 43 cent.

87 — STATUETTE en terre cuite d'enfant bacchant, nu, tenant une coupe, assis sur un tertre et s'appuyant du bras gauche sur une urne renversée. XVIIIe siècle.

Haut., 24 cent.

88 — Buste, grandeur nature, en terre cuite, de personnage, la poitrine nue, la tête tournée vers l'épaule droite; attribué à Carpeaux. Piédouche en marbre.

Haut., 52 cent.

89 — Deux vases simulés, en bois sculpté, peint bleu et doré, à décor d'entrelacs, feuillages, rubans, draperies et autres motifs Louis XVI.

Haut., 40 cent.

PENDULES, BRONZES

90 — Pendule sur socle-applique, en marqueterie de cuivre sur écaille, décorée d'une statuette du Temps, de chutes, d'encadrements, d'un bas-relief allégorique à la musique, d'un cul-de-lampe, etc., en bronze. Cadran signé *Lepaute, à Paris*. Époque Louis XIV.

Haut., 1 m. 40.

91 — Pendule en bronze patiné et doré, composée d'un éléphant supportant le mouvement sur lequel sont juchés deux personnages chinois. Elle repose sur un socle en marqueterie de cuivre sur écaille, garni de bronzes, du temps de la Régence.

Haut., 54 cent.

92 — Deux candélabres à trois lumières, en bronze patiné et doré, formés chacun d'une figurine d'amour dans l'attitude du vol, tenant des deux mains les branches porte-lumières, au milieu desquelles se dresse un thyrse entouré d'un serpent et de roseaux. Bases en marbre blanc. Époque Louis XVI.

Haut., 64 cent.

93 — Deux bras-appliques à deux lumières, en bronze doré, à gaine surmontée d'un vase et reliée aux branches porte-lumières par des guirlandes de laurier. Modèle attribué à Delafosse. Époque Louis XVI.

Haut., 34 cent.

94 — Deux flambeaux en bronze doré, en forme de cassolette montée sur un trépied orné de masques de bacchants. Fin du XVIIIe siècle.

Haut., 25 cent.

MEUBLES, TAPIS

95 — Petite console en bois sculpté et ajouré, décorée d'un cul-de-lampe à rosaces et feuillages, et reposant sur deux pieds contournés, ornés de bustes de heiduques et reliés par une petite tablette à rinceaux. Dessus de marbre. Époque Régence.

Haut., 80 cent.; larg., 60 cent.

96 — Bibliothèque en bois de placage, à deux portes vitrées, garnie d'encadrements, écoinçons, entrées de serrure, etc., en bronze. Époque Régence.

Haut., 2 m. 40; larg., 1 m 40.

97 — Commode à deux tiroirs, en bois de placage. Les tiroirs et les faces latérales sont laqués dans la manière chinoise, à dessin d'oiseaux et fleurs sur fond noir; chutes à rocailles, encadrements, poignées, entrées de serrure, cul-de-lampe et sabots en bronze ciselé et doré marqués au C couronné. Tablette de marbre brèche d'Alep. Époque Louis XV.

Haut., 87 cent.; larg., 1 m. 30.

98 — Tabouret de pieds, oblong, en bois sculpté à fleurs, couvert de velours rouge d'Utrecht. Époque Louis-XV.

Larg., 45 cent.

99 — Deux bergères en bois sculpté et peint gris, à décor d'entrelacs et feuillages, couvertes en damas abricot ; signées : *Michard*. Époque Louis XV.

Larg., 68 cent.

100 — Chaise longue en trois parties, en bois sculpté, à décor de fleurs et moulures. Elle est recouverte et munie de coussins de damas rouge à grands ramages. Époque Louis XV.

Longueur, environ 1 m. 85.

101 — Table rognon, en marqueterie de bois de couleurs à filets, munie d'un tiroir et sur deux pieds reliés par une traverse : dessus garni de cuir. Époque Louis XV.

Larg., 87 cent.

102 — Bergère en bois sculpté, à décor de feuilles et rocailles, couverte de satin broché et rayé. Époque Louis XV.

Larg., 60 cent.

103 — Petite commode à quatre tiroirs, en marqueterie de bois de couleurs à filets: chutes, anneaux de tirage et entrées de serrure en bronze doré ; tablette de marbre gris. Fin de l'époque Louis XV.

Haut., 85 cent.; larg., 75 cent.

104 — Petit secrétaire à abattant, porte et tiroir, en marqueterie de bois de couleurs à bouquets de fleurs enrubannés. Il contient des tiroirs et des casiers. En partie de l'époque Louis XV. Garnitures de bronze, dessus de marbre.

Haut., 1 m. 33; larg., 50 cent.

105 — Meuble de salon en bois sculpté et peint gris et or, couvert en tapisserie d'Aubusson à dessin de médaillons contenant des animaux et des personnages, et se détachant sur fond blanc chargé de guirlandes de fleurs enrubannées. Il se compose d'un canapé et de six fauteuils. Époque Louis XVI.

Largeur du canapé, 1 m. 60.

106 — Guéridon rond, en acajou, sur quatre pieds cannelés reliés par une tablette; garnitures de bronze; dessus orné d'une mosaïque de Florence. Époque Louis XVI.

Haut., 73 cent.; diam., 60 cent.

107 — Commode à trois rangs de tiroirs, en marqueterie de bois de bout à fleurs. Elle repose sur quatre pieds carrés, dessus de marbre blanc. Fin de l'époque Louis XV. Elle est ornée de bronzes ciselés et dorés.

Haut., 91 cent.; larg., 95 cent.

108 — Canapé à côtés cintrés, en bois sculpté et peint gris, à entrelacs et rosaces, couvert en lampas à bouquets de fleurs en gris et vert sur fond bleu. Époque Louis XVI.

Larg., 1 m. 36.

109 — Tabouret ovale, en bois sculpté et doré, à couronnes de fleurs, couvert en tapisserie d'Aubusson présentant un oiseau dans un paysage entouré d'une couronne de feuillages. Époque Louis XVI.

Grand diam., 50 cent.; petit diam., 37 cent.

110 — Bureau à cylindre, en acajou, muni de nombreux tiroirs extérieurs et intérieurs et garni d'anneaux mobiles, entrées de serrure, poignées, rudentures, encadrements et sabots en bronze ciselé. Époque Louis XVI. Dessus de marbre bleu turquin avec galerie de cuivre.

Larg., 1 m. 60.

111 — Bergère en bois sculpté et peint gris, à décor de moulures et fleurons, signée : *Nadal l'Aîné*. Époque Louis XVI. Elle est couverte de velours d'Utrecht jaune.

Larg., 64 cent.

112 — Commode à trois tiroirs, en acajou, ornée de poignées à cordelières dites Marie-Antoinette, entrées de serrure, encadrements et cannelures, en bronze et cuivre ; dessus de marbre blanc. Époque Louis XVI.

Haut., 85 cent.; larg., 1 mètre.

113 — Commode à trois tiroirs, en acajou, ornée d'anneaux mobiles, d'entrées de serrure, de rudentures et d'encadrements en bronze doré ; dessus de marbre blanc. Époque Louis XVI.

Haut., 89 cent.; larg., 1 m. 18

114 — Deux futs de colonne cannelés, en bois peint à l'imitation du marbre. Époque Louis XVI.

Haut., 1 m. 30.

115 — Petite table de dame, ovale, avec tablette d'entrejambes, en marqueterie de bois de couleurs à dessin d'ustensiles ; galerie de cuivre. Elle est munie d'un tiroir.

Haut., 74 cent.; grand diam., 48 cent.

116 — Console-servante en acajou, avec tablette d'entrejambes ; garnitures de bronze, dessus de marbre.

Haut., 83 cent.; larg., 1 mètre.

117 — Deux meubles-étagères avec portes, en bois dur sculpté et ajouré à fleurs, de travail japonais. Ils sont ornés chacun de douze plaques en ancienne porcelaine de Chine, époque Kang-shi, décorées de compositions familiales, branches fleuries, insectes et oiseaux, dans des médaillons contournés se détachant sur fond laqué noir rehaussé de dorure. Ils reposent chacun sur un support-étagère en bois, de travail européen.

Haut., 1 m. 78; larg., 98 cent.

118 — Tapis d'Orient à dessin de rinceaux et arabesques sur fond gris ; bordure à fleurs et motifs réguliers.

Long., 3 m. 33; larg., 2 m. 33.

119 — Tenture en ancien damas crème avec rideaux.

www.ingramcontent.com/pod-product-compliance
Ingram Content Group UK Ltd.
Pitfield, Milton Keynes, MK11 3LW, UK
UKHW022153260726
13993UKWH00005B/2352

9 782329 439907